FRAGMENS ÉPIQUES.

ÉTUDE

Par B. Aubry.

RUINES D'UN TEMPLE. — CÉSAR. — ABEILARD. — LES NORMANDS. — MESSIRE BERTRAND DUGUESCLIN. — TOMBEAUX DES BRAVES.

A PARIS,
VIMONT, LIBRAIRE, GALERIE VÉRO-DODAT.
A Melun,
CHEZ M. THOMAS, LIBRAIRE,
rue Saint-Aspais.

1835.

FRAGMENS

ÉPIQUES.

ÉTUDE.

POUR PARAITRE PROCHAINEMENT :

Un nouveau poëme, par B. Aubry, auteur des *Fragmens.*

EN ENFER,

Roman, 1 vol. in-8, par le même.

IMPRIMERIE DE P. BAUDOUIN,
rue Mignon, 2.

FRAGMENS ÉPIQUES.

ÉTUDE

Par B. Aubry.

RUINES D'UN TEMPLE. — CÉSAR. — ABEILARD. — LES NORMANDS. — MESSIRE BERTRAND DUGUESCLIN. — TOMBEAUX DES BRAVES.

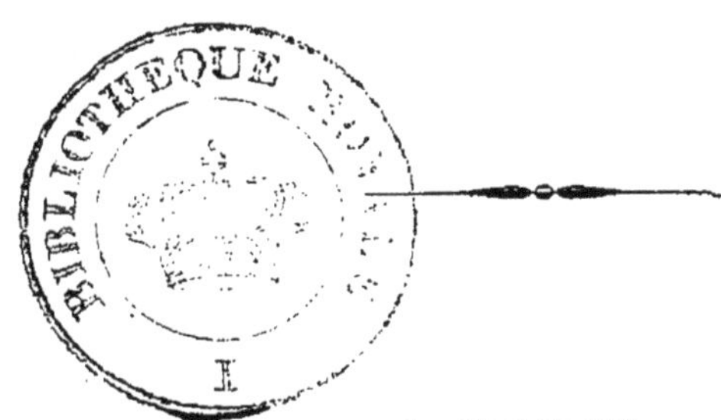

A PARIS,
VIMONT LIBRAIRE, GALERIE VÉRO-DODAT.

A Melun,
CHEZ M. THOMAS, LIBRAIRE,
rue Saint-Aspais.

1835.

A

MES AMIS,

ardente et inaltérable affection.

B. Aubry.

PRÉFACE.

Et moi aussi je suis peintre.

Ceci n'est qu'une étude. Avant de publier des œuvres plus importantes, il nous a semblé utile de pressentir le jugement du public, sur notre manière d'écrire. Aussi n'est-ce pas avec des prétentions à un grand succès que nous avons entrepris cet ouvrage; et d'abord il faut l'avouer, le choix des sujets, est une erreur ; plusieurs ont le tort épouvantable d'être entachés de classicisme, véritable hérésie dans l'époque actuelle; mais avant de mettre ma brochure à l'*index*, que le lecteur tourne le feuillet, et il verra que nous ne sommes pas du dix-septième siècle. A Dieu ne plaise que nous voulions réveiller les vieilles querelles, il y a long-temps que tout est dit sur l'ancienne école, et que son procès est jugé! Certes, personne plus que nous n'admire les grands hommes qu'elle a produits, on doit les lire, les méditer ; mais il nous semble qu'à présent, marcher sur leurs traces, serait se fourvoyer.

Quant à nous, chétif, si notre voix pouvait être de quelque poids dans ces débats, nous le disons haut et ferme, nous marchons avec la nouvelle école. Honneur à elle pour avoir su secouer le joug pédantesque des vieilles routines, s'affranchir de cette absurde manie de prétendues règles, cercle fatal où l'on emprisonnait le génie, traditions du despotisme de Richelieu. A la vue des nombreux talens dont cette école a doté la France, si nous avons des paroles amères sur les lèvres, elles sont pour ses détracteurs.

RUINES D'UN TEMPLE *.

Jam parce sepulto.
(VIRGILE.)

L'homme est un roseau pensant.
(PASCAL.)

—

Melun, février, 1835.

Où s'élevait un temple, on a bâti la geôle...
Oui, cherchez maintenant ces vieux murs où la Gaule

* Les ruines du temple d'Isis, qui, m'a-t-on dit, existaient encore il y a quelques années dans cette partie de l'île de Melun, vulgairement appelée la Courtille.

Semblait revivre encor et parler de ses dieux.
Nous ne ressemblons pas nos candides aïeux;
Des ruines pour nous sont des pierres à vendre,
Une carrière ouverte où le maçon doit prendre.
Les hommes de l'équerre, un jour ils sont venus,
D'un stupide intérêt mandataires connus;
Ils se sont mis à l'œuvre, ils ont fouillé la pierre.
Et nous, croisant les bras, nous les avons vus faire,
Nous les avons laissés, citadins indolens,
Mutiler ces débris, archives des vieux temps.
Oh! mon ame se tord sous un poids d'amertume!
Vengeance! de poison j'abreuverai ma plume;
Car je ne suis pas neuf à ces terribles jeux;
J'ai tenu la marotte, et poète orageux,
De ce rude métier j'ai fait l'apprentissage.
Je sais comment il faut relever un outrage,
Arracher d'un bras fort le masque du pervers,
Et lui cracher au front l'insulte de mon vers.

. . . .

C'est chose bien étrange! oui, l'homme, pour lui-même,
Est souvent une énigme, un douloureux problème.
Moi, j'ai cherché long-temps, et je n'ai pas compris
L'intime sentiment dont mon cœur est surpris,
Quand la nuit j'erre seul sur la longue esplanade,
Pour vos dames, l'été, facile promenade,
Et qu'à travers le calme, un *qui vive?* perçant *
Siffle, au loin répété par l'écho bondissant,
Ou qu'on entend bruir l'éternelle rafale,
Des préaux resserrés s'échappant comme un râle;
Il me semble qu'alors, des jours qui ne sont plus,
Une voix a parlé dans ces murs inconnus,
Jetant à notre siècle un outrage insolite;
Que du profond abîme, un passé ressuscite,
Et je revois soudain, non plus un plan fictif,
Mais en réalité, le temple primitif.

* La prison de Melun se trouve à peu près à la place où se trouvait le temple d'Isis, et toute la nuit on entend le *qui vive?* des sentinelles.

Tenez, voilà le seuil et le sphinx uniforme
Accoudant sa laideur d'un piédestal informe ;
Plus loin, l'essaim des dieux, dieux de pierre et de bois,
Que, les yeux dilatés, contemplent les Gaulois ;
Dieux multiples, formés d'un horrible mélange,
Qui semblent ricaner avec un rire étrange,
Monstres faits de granit, vrais types de démon,
Qui laissés sur le sol, comme un impur limon,
Et plus tard, oubliant leur langue maternelle,
Peut-être à l'art chrétien ont servi de modèle ;
Puis sur l'autel, d'Isis le simulacre vain.
Un temps fut, où vêtu de longs habits de lin,
Le prêtre au front altier gravit ce sanctuaire ;
Oh ! qui me redira cette époque prospère !
Des prêtresses d'Isis les chœurs mélodieux,
'intime volupté de leurs hymnes pieux ;
es symboles sacrés, les mille banderoles,
ayonnant au soleil comme autant d'auréoles ;
uis un luxe inouï, les dieux, les demi-dieux,
mmaillottés de pourpre et d'habits précieux,
aisant saillir à l'œil, des torrens de lumière ;
es tapis somptueux prodigués sur la pierre ;
s vases de porphyre, et d'agathe et d'argent,

'où s'exhalent à flots les parfums d'Orient ;
t tout un peuple agreste , assis sous le portique ,
ui semble mendier , lui dont la main rustique
rodigue , à ces dieux sourds , aumône de trésors.
ais que ces temps sont loin! depuis les jours d'alors,
ue d'hommes ont vécu ! que de têtes fauchées !
e générations dans la tombe couchées ,
ont le néant , pour tous , est si grand de leçons!
t nous les tard-venus , pouvons-nous sans frissons ,
t sans que sur les os l'épiderme se glace,
onger à ce qu'est l'homme, à ce qu'il tient de place
ans ce cercle infini qu'on appelle les temps ,
uand l'œuvre de ses mains lui survit trois mille ans.

CÉSAR.

Soleil dont je suis le Memnon.
(VICTOR HUGO.)

Cæsar aut nihil.
(*Devise des Borgia.*)

—

Oh ! que de pas géans ont creusé notre sol !
Que d'aigles sur nos murs ont balancé leur vol !
Ces voyageurs armés, que Rome, sur la terre,
Vomissait de son sein, ainsi que d'un cratère ;

Ils ont planté leur tente à travers nos sillons,
Et César a foulé le sol que nous foulons.
Là, peut-être, il créait dans sa pensée intime
Le miracle futur de sa grandeur sublime.
Il méditait le trône, à son glaive promis ;
Il rêvait cet empire et ces destins amis,
Que lui montrait de loin l'ambition flatteuse ;
Les royales splendeurs qu'à son ame orageuse
Offrait comme le port, un démon familier,
De ses vastes desseins le fervent conseiller;
L'univers devant lui prosterné comme un homme,
Le pouvoir souverain faisant incliner Rome ;
Les tribuns détrônés et tous pâles d'effroi,
Courbés devant César, et le saluant roi.
Prestiges de bonheur ! Resplendissans mensonges !
Hélas ! quand il veillait, abîmé dans ces songes,
Que n'a-t-il entrevu cette page de sang,
Qui vint clore sitôt son règne éblouissant !

ABEILARD.

Oh! c'est trop!...
(Némésis, *au Pape.*)

Un Dieu grand comme un Dieu.
(Méry.)

L'homme est né pour souffrir.
(Lamartine.)

Tout homme veut se faire à lui-même son rôle,
Enfermer l'avenir dans un cercle frivole,
Et mesurant l'espace à son frêle compas,
Dire : ceci sera, cela ne sera pas.

Mais l'heure vient où Dieu souffle sur ces fantômes,
Et qu'il rend au néant ces fragiles atomes ;
Alors la vérité paraît à l'horizon,
Comme un défi qu'il jette à l'infirme raison.
Ce fut là ton destin, ô malheureux génie,
Dont le nom sur ma lyre est seul une harmonie ;
Aristote chrétien, qu'admirent nos aïeux ;
Ton astre à son lever était si radieux,
Quand l'écho de ta voix, que toute oreille écoute,
De l'église d'Aspais fit résonner la voûte.
Tout jeune dévoré du besoin de savoir,
Besoin que le vulgaire a peine à concevoir,
Passion inconnue à la foule stupide
Qui rampe dans l'ornière où le passé la guide.
L'étude âpre pour nous, fut pour toi le plaisir.
Mais la gloire, Abeilard, fut aussi ton désir.
Non, tu n'étais pas né pour rester dans la foule!
On voulait sur ton front jeter une cagoule ;
Mais le cloître pour toi, c'eût été la prison.
Nulle main ne devait borner ton horizon.
Et puis, jeune homme ardent, tu le sentais, peut-être :
L'homme eût toujours vécu sous la robe du prêtre.
La paix du sanctuaire, à ton ame eût pesé ;

Dans ce calme effrayant, ton cœur se fût brisé;
Car l'aigle impétueux recherche les nuages,
Et le cap chevelu, battu par les orages.
Eh bien! es-tu content? ton but est dépassé;
Tu tiens cet avenir dont l'orgueil t'a bercé.
Devant toi, des vieillards s'incline la sagesse;
A tes doctes leçons se presse la jeunesse;
Ta parole puissante aux disputes de mots,
Jusques au Vatican, éveille des échos;
Tout un peuples à tes pieds saisi d'un saint délire,
Prosélyte fervent se prosterne et t'admire.
Oh! tu dois être heureux si c'est là le bonheur;
Si la gloire a comblé le vide de ton cœur.
　Mais quoi! déjà tombé de ce sublime faîte.
Quelle main a fermé la lèvre du prophète?
Est-ce un pouvoir venu de l'enfer ou des cieux.
Quant tu passes, la foule en te suivant des yeux,
Se demande pourquoi la sainte Basilique
N'écoute plus gronder ton ardente réplique;
Pourquoi fuir à présent la tribune où ta voix
Puissante de logique, éclata tant de fois;
Pourquoi, seul à l'autel, le front dans la poussière,
Sans cesse fatiguer le ciel, de ta prière;

Pourquoi ces yeux cavés et cet orbite creux,
D'où le regard vitré jaillit en sombres feux ;
Pourquoi ce front pâli, ce visage farouche ;
Ces mots mystérieux vagissans dans ta bouche ?
Mais que dira-t-il donc ce vulgaire étonné,
Si la vérité brille à son œil consterné ?
Lui qui n'a pas sondé l'enveloppe de glace,
Qui de l'être chez toi, n'a vu que la surface,
S'il apprend que ton cœur à ce calme a forfait ;
Que tu fus homme enfin, qu'une femme a tout fait...
Mais elle était si noble, et si pure et si belle !
Oh ! vous n'eussiez pas dit une femme mortelle,
Quand son œil rayonnait de joie et de douleurs.
Tu la vis et dès lors vos deux ames furent sœurs.
Elle, la pauvre enfant, elle aspirait la flamme,
Se parfumait d'amour, comme d'un saint dictame ;
Et tous deux, confians, vous buviez à longs traits
Le poison délectable et plein de tant d'attraits.

. . . .

Et dire que plus tard ce bonheur est un crime,
Et qu'entre vos deux cœurs un Dieu jette un abîme ;
Qu'il fallut se quitter et pour aller mourir
Seuls dans le fond d'un cloître. . Oh! qu'ils ont dû souffrir.

LES NORMANDS.

O passi graviora, dabit Deus his quoque finem!
(VIRGILE.)

—

Ils ont aussi laissé traces sur ces rivages ;
Ils passèrent ici, les enfans des orages,
Tous ces hommes du Nord, Goliaths fabuleux,
Qui venaient, confians au lendemain douteux,

Chercher, sans nul souci de traités ou de trêve,
Leur pain de chaque jour à la pointe du glaive.
Ils passèrent deux fois, deux fois ils ont jeté
Dans ses fossés béans, les murs de la cité.
Deux fois ils ont marché sur les corps de vos braves,
Ils ont pris vos enfans, vos femmes pour esclaves,
Ont ravi vos trésors, saccagé vos maisons,
Embrasé vos palais, ont fait de vos moissons
Une litière impure aux cavales ardentes.
Ils se vautrent, assis, aux tables succulentes;
Et vêtus du sayon, ainsi que d'un linceul,
Vous quêtez leur aumône, accroupis sur le seuil
De ces biens prodigués, vous maîtres légitimes.
Oh! n'ont-ils pas comblé la mesure des crimes?
Non, ce n'est pas assez; il leur faut maintenant
Des vierges au front pur, au regard enivrant,
Vos filles à briser sous d'infâmes caresses,
Pères, entendez-vous! vos filles, pour maîtresses.
Cette insulte dernière a fait rougir vos fronts:
Malheur aux conquérans; à de pareils affronts,
Il n'est pas de cœur froid, le sang brûle les veines.
Hommes libres, debout! Qu'on dépouille ces chaînes!
De leurs tronçons brisés qu'on s'arme, allons, frappez!

Dans le sang ennemi que vos bras soient trempés,
Vengeance ! amis, jetez un vaste cri de guerre,
Et qui, dans l'avenir, ait écho séculaire.

MESSIRE BERTRAND DUGUESCLIN.

Nous nous battrons tous!
(PINTO.)

—

Et maintenant quittez les vêtemens de deuil;
Ville des anciens jours, dépose ton linceul.
Va, l'orage est passé; dans tes tristes murailles,
Tu n'entends plus ces cris qui glacent les entrailles.

Vois, l'horizon est pur, l'astre roi glorieux
De ses mille rayons, pourpre l'azur des cieux.
Oh! c'est l'heure promise, oh! c'est l'heureuse fête!
Age d'or que prédit un antique prophète,
Où tu pourras dormir sans craindre le réveil,
Sans qu'un vigile armé protége ton sommeil.
Eh bien! l'oracle ment. Il te faudra, pleurante,
Ouïr encor les bruits de la mêlée ardente.
Ecoute : quel fracas d'hommes et de chevaux?
Ces archers à l'œil fauve, épars sur tes créneaux,
Ces soldats inconnus appuyés sur leur lance,
D'où viennent-ils, réponds? Oh! ce n'est pas de France,
Et ce drapeau n'est pas le signe de nos rois.
Melun, de l'étranger, reconnaît-il les lois?
Non, non, Melun combat, Melun n'est pas rebelle.
Déjà le Léopard étreint la citadelle,
La ville est libre encore; mais hélas! quelques jours...
Guerriers de Charles Cinq, au secours! au secours!
Les voilà! Regardez, comme un flot qui bouillonne.
Ils se brisent au fort. Soudain le clairon sonne;
La foule mugit d'aise et se rue à l'assaut.
Et les calmes archers ont regardé d'en-haut,
Sans qu'un frisson nerveux incline leur paupière,

Ce mur d'airain vivant qui s'attache à la pierre,
Et leur œil, du fossé, sonde la profondeur...
Mais voilà que s'élève une horrible clameur...
Guesclin! Guesclin! Alors, aux échelles scabreuses,
On voit paraître un homme aux formes anguleuses,
Héroïque pygmée, à face de lion;
On sent, je ne sais quoi, qui n'aurait pas de nom,
Quand il baisse sur vous son regard plein de flammes,
Son orageuse voix bouleverse les ames.
Debout sur le rempart, il fait tonner ces mots :
Arrière, mécréans! rendez-nous ces crénaux;
On frémit, tous les fronts se baissent d'épouvante;
Chacun reste muet dans l'horreur de l'attente;
Et le château se rend, et dès le lendemain,
Le rempart se nommait rempart de Duguesclin.

TOMBEAUX DES BRAVES.

De profundis.
(*Psaumes de la pénitence.*)

Ici l'on danse.
(*Le peuple à la Bastille.*)

—

Et toi, jeune homme, et toi, que tout rayon fascine,
Qui sens battre un cœur d'homme en ta mâle poitrine,
Sans doute, en écoutant ces merveilleux récits,
Qu'un vieillard promeneur m'a fait sur le glacis,

www.ingramcontent.com/pod-product-compliance
Ingram Content Group UK Ltd.
Pitfield, Milton Keynes, MK11 3LW, UK
UKHW020518230726
13925UKWH00005B/2185